KB064287

내 이름은 쿠쿠

내 이름은 쿠쿠

조우리 소설 — 백두리 그림

낮은산

내 이름은 쿠쿠다.

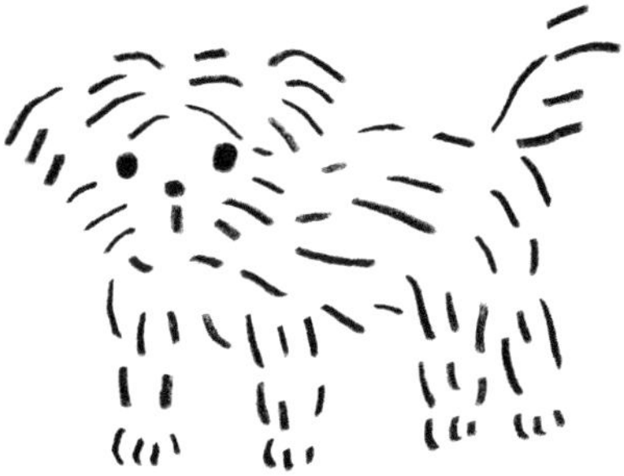

이 우스꽝스러운 이름을 붙여 준 것은 이 집의 딸 한여름 양이
다. 그때의 기억을 되살리려면 까마득하게 오래된 이야기를 해야
한다.

인간의 시간으로는 지금으로부터 10여 년 전, 개의 시간으로는
70년이 넘지만 상위 1퍼센트의 지능과 기억력을 갖춘 나는 모두
기억하고 있다.

나는 어느 초등학교 앞 나무 밑동에 엄마와 함께 묶여 있었다. 줄 길이가 워낙 짧은 데다 풀려나기 위해 빙글빙글 도는 바람에 더 짧아져 거의 움직일 수 없는 상태로. 엄마와 나는 하교하는 초등학생들의 관심을 한 몸에 받았다. 물을 떠다 주거나 소시지 같은 것을 주는 아이들도 있었지만, 그보다 훨씬 더 많은 횟수로 발에 차이거나 신발주머니로 얻어맞았다. 한여름이었고 해의 움직임에 따라 땡볕에 노출된 상태로 옴짝달싹도 못 하는 시간이 점차 늘어났다. 엄마의 체력은 점점 떨어졌고 그건 나도 마찬가지였다. 아이를 비롯해 다정한 인간의 비율은 잔인한 인간의 비율에 비해 현저히 낮았다.

며칠을 묶여 있었는지 모르지만 그사이 엄마는 시력을 잃었고 누군가 던진 담배꽁초를 등에 맞아 화상을 입고 다 짓무르게 되었다. 나는 심장사상충에 감염됐고 귀와 눈에는 심한 염증이 있었고 피부병까지 생겼다. 우리가 뭘 잘못했는지는 모르겠지만 인간들은 우리에게 침을 뱉고 무언가를 던져 댔다. 줄 때문에 도망가지도 못했다. 해코지하는 인간은 낮보다 밤에 많았기에 해가 넘어가기 시작하면 우리는 두려움에 떨었다.

인간의 말 중에 '개와 늑대의 시간'이라는 게 있는데 그 말은 정말 적절하다. 해가 진 뒤 우리는 여전히 개였지만, 그들은 늑대였다. 낮의 땡볕과 밤의 폭력이 반복되면서 엄마와 나는 죽어 갔다. 설핏 잠이 들었다가 깨어난 어느 날 새벽, 엄마는 영원히 일어나지 못했다. 다리가 딱딱해지고 코는 말라붙어 있었다. 나는 엄마 코에 내 코를 비비며 끼잉끼잉 울었다. 목이 갈라져 소리가 잘 나지 않았으나 본능적으로 지금은 울어야 할 때라는 걸 알았다. 무언가의 마지막을 처음 겪었지만, 그것이 마지막이라는 것은 알 수 있었다.

그 뒤 내가 깨어났을 때, 나는 아주 작은 차가운 철제 상자 같은 것에 담겨 있었다. 상자의 다섯 면이 빛나는 은색 재질로 되어 있고 앞쪽은 단단한 기둥이 주르륵 박혀 있는 공간이었다. 그리고 귀가 찢어질 듯한 소리, 소리들. 공포와 불안과 슬픔으로 울부짖는, 지금도 생생하게 들리는 듯한 다른 개들의 소리였다. 눈을 뜨자마자 그들의 공포와 불안, 슬픔에 전염되어 나도 미친 듯이 짖기 시작했다. 눈앞의 기둥을 마구 물어뜯어 봤지만 그것은 너무나 단단하고 차가웠다. 우리는 멍멍, 왈왈, 웡웡 짖을 수도 있지만 그곳을 가득 채운 것은 오로지 '깨갱'에 가까운 소리뿐이었다. 공기를 찢을 것만 같은 높은 음역의 비명. 나는 오줌을 지리고 머리를 벽에 처박고 앞발에 피가 날 때까지 바닥을 긁었다.

몇 시간이 지나자 하얀 옷을 입은 인간이 다가와 두꺼운 장갑을 낀 채 나를 상자에서 꺼내고 더러워진 패드를 갈고 물과 사료를 줬다. 두려움에 그의 옷에 오줌을 지렸는데 그는 말없이 내 머리를 몇 번 쓰다듬었다. 이 일은 작았지만 내게 큰 위안을 주었다. 그가 준 사료의 맛은 형편없었지만 굶는 것보다 나았고 신선한 물은 생명수와도 같았다. 길에 묶여 있을 때는 며칠이고 물을 마실 수

없는 날이 이어지기도 했으니까. 며칠이 지나자 나는 구조되었다는 사실을 알아차렸다.

　다른 개들도 이 사실을 알 만한데 이상하게도 패닉에 빠진 개들의 소리는 매일매일 들려왔다. 살려 달라고, 여기가 어디냐고, 공포의 냄새를 풍기며 짖는 그들을 향해 괜찮다는 신호를 보내고 싶었지만 우리는 모두 철창에 갇혀 서로를 볼 수 없었다.

한여름 양과 엄마 다혜 씨를 만난 것은 하얀 옷의 남자가 처음으로 사료에 고기를 섞어 준 날이었다. 처음 맡는 좋은 냄새에 나는 거의 미칠 지경이었다. 그렇게 달고 부드러운 것은 처음 먹어 봤다. 침을 뚝뚝 흘리며 먹어 치우는데 하얀 옷의 남자가 나를 가만히 바라보는 게 느껴졌다. 그는 저번처럼 내 머리를 몇 번 쓰다듬었다. 배가 부르고 기분이 좋아 벌러덩 누워 등을 바닥에 대고 발차기를 했다. 그러나 그는 곧 철창을 닫고 돌아섰다.

그날 오후, 커다란 리본으로 머리를 높게 묶은 여자애와 머리가 짧고 키가 큰 여자 어른이 그 공간에 들어왔다. 여기가 유기견 보호소가 맞냐고, 들어서자마자 물었다. 우리는 일제히 짖기 시작했다. 낯선 냄새가 또다시 공포를 몰고 왔다. 특히 나는 그 작은 여자애가 싫었는데 그건 나무에 묶여 있을 당시 내게 무언가를 던져 대던 아이들이 떠올라서였다.

키 큰 여자와 하얀 옷의 남자는 이야기를 한참 나누었다. 잠시 뒤 세 사람은 내 앞에 와서 섰고 하얀 옷의 남자가 말했다.

"얘예요. 오늘 안락사 가는 강아지가."

안락사가 뭔지는 모르겠지만 불길한 단어임에 틀림이 없었다.
나는 죽어라고 짖었다. 낯설고 두려운 단어와 낯설고 두려운 인간
들. 모두 죽을 만큼 무서웠다. 약이니 치료니 이런저런 이야기를
나눈 뒤 키 큰 여자는 커다란 천을 내 앞에 펼쳤다. 죽는구나, 싶었
다. 이것이 안락사구나. 나는 또다시 오줌을 지렸고 잠시 뒤 하얀
옷을 입은 남자는 나를 꺼내 그 커다란 천으로 몸을 푹 감쌌다. 눈
을 질끈 감았다.

나는 안락사를 기다렸으나 아무 일도 일어나지 않았다. 따뜻하고 푹신푹신할 뿐이었다. 뭐지? 눈을 떠 봤다. 얼굴 두 개가 코앞에 있었다.

"우아, 눈 떴다!"

달콤한 냄새가 훅 다가왔고 여자애 목소리가 아주 크게 들렸다.

"안녕? 오늘부터 우리랑 살자."

우리? 처음 듣는 단어다. 무슨 말인지 잘 이해할 수 없었으나 뭔가 커다란 천처럼 나를 푹 감싸는 기분이 드는 단어였다. 뭐라고 해야 할지 몰라 나는 그냥 멍멍 짖어 봤고 둘은 숨이 넘어가게 까르르 웃었다.

그날, 나는 처음으로 '우리'가 되었다. 그 둘은 나를 '우리 강아지'라 불렀고, '우리'란 단어는 10년이 지난 지금까지도 내 이름 앞에서 떨어지지 않았다. 새로운 집으로 와서 뭔가 칙칙폭폭 하며 무서운 김을 뿜으며 '쿠쿠 하세요, 쿠쿠!' 하는 것을 보고 미친 듯이 짖어 댄 이후 내 이름은 쿠쿠가 되었는데 그 앞에도 '우리'가 붙었다. 그리하여 내 이름은 '우리 쿠쿠'가 되었다. 우리 쿠쿠라고 불릴 때마다 처음 나를 감쌌던 천의 감촉이 그대로 떠올라 나는 행복해진다. 하지만 처음부터 모든 게 좋았던 것은 아니었다.

일단, 나는 한여름 양을 물었다. 아주 많이, 자주 물었다. 지금 생각해 보면 참 미안한데 그때는 생각보다 이빨이 빨랐다. 여름 양은 시도 때도 없이 내 등이며 꼬리를 덥석 잡았고 그럴 때마다 내게 물렸다. 자고 있거나 먹고 있는데 갑자기 머리에 손을 대 문 적도 많았다. 내게 물리면 여름 양은 엉엉 울며 엄마에게로 갔고 다혜 씨는 우는 여름 양을 안아 주면서 쿠쿠가 놀라서 그런 거라고 조곤조곤 설명해 주었다. 여름 양과 나는 당시 네 살로 나이가 같았지만 다혜 씨는 쿠쿠가 너의 동생이고, 아직 모르는 게 많아 겁이 많으니 조심스럽게 예뻐해 줘야 한다고 말했다.

사실 좀 어이가 없었다. 인간의 나이와 단순히 비교해 둘 다 네 살이라고 하는 것도 황당한데 동생이라니. 찬물도 위아래가 있는 법인데. 나는 산전수전 다 겪은 결혼 적령기의 수컷 개였건만 그 쪼그만 애한테 동생 취급을 받아야 했다. 게다가 한여름 양의 이름이 정말 마음에 들지 않았다. 그 이름을 들을 때마다 짧은 줄에 묶인 채 머리 위로 쏟아지던 한여름 땡볕이 떠올랐다. 누가 지은 이름인지 모르겠지만 센스 없다. 하긴 내 이름을 밥솥 이름으로 지은 것만 봐도 알 수 있다. 억울한 마음에 밥솥이 '쿠쿠!' 하라고 외칠 때마다 같이 엄청 짖어 댔다. 뭐가 재밌는지 그들은 '넌 역시 쿠쿠'라며 깔깔 웃었다.

여름 양의 집과 그 안에 사는 가족들에게 적응하는 데는 몇 년이 걸렸다. 다혜 씨는 나보다 여름 양에게 관심이 많았고 여름 양은 내게 관심이 많았다. 나를 앞에다 두고 장난감을 잔뜩 가져와 중얼거리며 소꿉놀이를 했고 놀이터에 나가 같이 땅파기를 했으며 텅 빈 운동장에서 둘이 달리기 시합을 했다.

그때나 지금이나 나는 까칠하고 시크한 성격으로 누군가 다가오면 뼈까지 물어 버리겠다는 기세로 짖었다. 여름 양은 조그만 손으로 내 입을 잡고 '안 돼. 쿠쿠야, 화내지 마. 쿠쿠야, 쉿!' 하며 나를 달래다 또 물렸다. 그때쯤에는 여름 양이 내게 물리는 데 이골이 나 있어서 더 이상 울지 않았다. 사실 나도 그 애 손을 그렇게 세게 물진 않았다.

오랜 기간 내게 미스터리한 존재로 남았던 건 여름 양의 아빠 병권 씨였다. 그와 익숙해지는 데 가장 오래 걸렸다. 당최 얼굴을 볼 기회가 없었기 때문이다. 아주 어두워져서야 집에 들어왔고 들어오자마자 씻고 휘리릭 안방으로 사라졌으며 다음 날 새벽같이 나갔다. 그에게서 나는 어른 남자의 냄새가 나를 걷어차던 인간들의 냄새와 똑같아 두려웠다. 그가 들어오면 나는 내 집에 들어가 꼼짝도 하지 않았다. 그는 가끔 내 집 앞에 쭈그리고 앉아 내 이름을 하염없이 부르며 무슨 뜻인지 알 수 없는 말들을 하곤 했다. 그러다 그대로 잠들어 버릴 때도 있었는데 그럴 때면 밤새 화장실도 가지 못하고 물도 마시러 가지 못해 여간 귀찮은 게 아니었다.

그래도 여름 양과 다혜 씨는 그를 좋아하는 것 같았다. 가끔 그가 일찍 들어오면 서로 안고 달라붙어 셋이 한 덩어리가 된 채로 텔레비전도 보고 책도 읽고 했다. 시간이 흐르며 그가 내게 무해한 존재임을 알게 되었고 나는 그를 좋아하진 않지만 싫어하지도 않게 되었다.

그렇게 10년이 흘렀다. 개의 시간으로는 70여 년. 나이가 든다
는 것은 미끄럼틀 같아서 어느 순간까지는 계단을 올라가듯 더디
고 길었는데 그 뒤로 쉬잉 미끄러져 내려오듯 빠르게 흐른다. 그
사이 심장사상충 치료를 받고 중성화 수술을 하고 피부병과 귓병,
눈병을 고쳤다. 하지만 이제 조금만 피곤하면 다시 피부병과 귓병,
눈병이 올라온다. 지병이라고 한다. 관절도 소화력도 예전 같지 않
다. 늙고 냄새나고 병든 개가 되어 버린 걸까 우울할 때도 있지만
여전히 집에서 나는 막내 취급을 받는다. 내가 할아버지라는 걸
눈치챈 사람은 없는 것 같다. 그 점은 참으로 다행스러운 일이다.

다만 마음에 걸리는 것은 요새 이상해진 집 분위기다. 여름 양이 나를 데리고 놀이터나 운동장에 나가지 않은 지 꽤 오래됐다. 집에 오면 거실 소파에 벌러덩 누워 다혜 씨와 조잘대던 그 애가 방에서 나올 생각을 하지 않는다. 방문을 닫고 가끔 잠그기까지 한다. 들어가려고 문을 앞발로 박박 긁으면 그 애가 방문을 걸어 차는 건지 쿵, 하는 소리만 난다.

여름 양은 최근 키가 다혜 씨만큼 커졌다. 얼굴에 뭔가 알록달록한 것을 바르고 전혀 어울리지 않는, 지독한 냄새가 나는 향수를 뿌리기도 한다. 한번은 화장실에 들어가 몇 시간을 안 나오더니 머리카락이 반만 멍든 것처럼 파랗게 되었다. 누가 쓰다 버린 먼지떨이 같은 모양새였다. 다혜 씨는 그날 머리를 싸매고 안방에 들어가 나오지 않았다. 여름 양은 다혜 씨가 그러거나 말거나 전혀 개의치 않았고, 쿵쿵거리며 집 안을 돌아다녔고, 큰 목소리로 친구들과 통화를 했다. 나는 여름 양이 낯설었다.

하루 종일 귀찮게 나를 따라다니던 쪼그만 아이는 사라지고, 아이도 어른도 아닌 뭔가 제3의 존재가 되어 가고 있었다. 다혜 씨가 여름 양에게 잔소리를 시도할 때도 있었는데 그날은 집이 뒤집어졌다. 가방이나 휴대폰, 책 같은 것들이 날아다녀 나는 가능한 내 집에서 나오지 않았다. 목소리가 먼저 올라간 것은 다혜 씨 쪽이었는데 어째서인지 다혜 씨가 엉엉 울며 싸움은 끝나곤 했다.

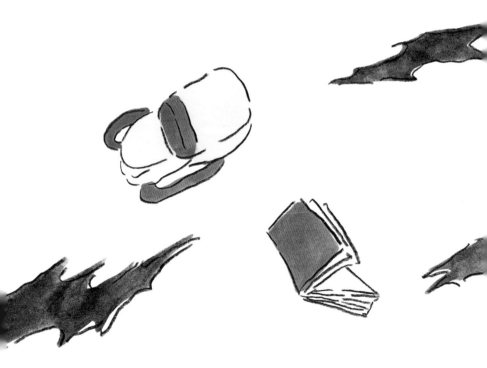

여름 양의 눈빛은 약간 더위 먹은 것 같았다. 무감각하고 닫혀 있었다. 다혜 씨 목소리가 커지면 말려 볼 요량으로 멍멍 짖기도 했는데 그럴 때면 다혜 씨 목소리와 여름 양 목소리, 내 목소리가 뒤섞여 카오스의 삼중창이 벌어졌다. 그러면 반드시 인터폰이 시끄럽게 울렸고 어쩔 수 없이 싸움이 일단락되었다.

그러던 어느 날, 병권 씨가 웬일로 일찍 집에 들어왔다. 여름 양이 집에 돌아오지도 않은 시간이었다. 병권 씨 눈은 새빨갰고 손과 발은 추라도 단 듯 무거워 보였다. 다혜 씨는 밥을 안치다 깜짝 놀라서 병권 씨를 맞이했다. 다혜 씨는 밥은 먹었냐고 물었고 병권 씨는 생각 없다며 여기 좀 앉아 보라고 했다.

그 뒤 병권 씨의 긴말이 시작됐고 무슨 소리인지 잘 알 수가 없었는데 그건 다혜 씨도 마찬가지인 듯했다. 병권 씨는 뭔가를 '다 잃었다'고 말했다.

"얼마를?"

가만히 듣고 있던 다혜 씨가 물었다.

병권 씨가 어떤 숫자를 대답했고 둘 사이에는 아주 길고 긴 침묵이 남았다. 밥솥 쿠쿠가 '쿠쿠 하세요!' 외치기에 나도 따라 멍멍 목청껏 짖어 봤지만 아무도 웃지 않았다. 두 사람의 성대가 고장이 난 것인가 걱정이 될 만큼 긴 시간이 흘렀다. 해가 져 거실이 온통 어둑어둑해지도록 둘은 그대로 앉아 있었다. 아무도 전등을 켜지 않았다. 침묵은 층층이 쌓여 단단하게 굳어 갔다.

집 안이 완전히 어둠에 잠겼을 때 현관에서 삐빅 소리가 나고 여름 양이 들어왔다. 여름 양은 거실에 우두커니 앉아 있는 엄마 아빠를 보고 놀라 소리를 질렀다.

"아, 뭐야? 둘이 왜 그러고 있어?"

아무도 대답을 하지 않자 여름 양은 뭐라 중얼거리며 방으로 들어가 문을 닫았다. 이윽고 병권 씨가 천천히 일어나 유령 같은 걸음걸이로 집 밖으로 나갔다.

다혜 씨는 두 손으로 머리를 감싸고 무릎에 얼굴을 파묻은 채 세상에서 가장 긴 한숨을 쉬었다. 옆으로 다가가 머리를 들이밀고 낑낑거려 봤지만 아무런 반응이 없었다. 여름 양의 방에서는 누군가와 통화를 하는지 깔깔 웃는 소리가 들렸다.

그날 밤 여름 양은 거실로 나오지 않았고, 거의 아침에 가까워졌을 때 병권 씨가 비틀거리며 집에 들어왔다. 병권 씨는 방문을 조용히 열고 여름 양을 한참 바라봤다. 잠든 여름 양의 얼굴은 예전의 아기였을 때와 닮았다. 입을 벌리고 이불 모퉁이를 끌어안고 쌕쌕 소리를 내며 자고 있었다. 병권 씨는 씻고 옷을 갈아입은 뒤 다시 집을 나섰다. 그의 뒷모습은 죽은 사람처럼 어두웠고 걸음은 마치 땅이 온통 기울어진 것처럼 비틀거렸다.

그것은 잊고 있던 어떤 기억을 떠오르게 했다. 전에 나와 살던 할머니가 엄마와 나를 데리고 새벽 산책을 나왔던 그 날을. 엄마와 나는 이른 산책에 기분이 좋아 마구 냄새를 맡으며 뛰다시피

걸었는데 줄을 잡고 있던 할머니는 넘어질 것처럼 비틀거렸다. 속이 텅 비어 버린 것처럼 터덜터덜 그렇게 걸었다. 할머니는 우리를 집에서 멀리 떨어진 곳으로 데리고 갔고 나무에 줄을 묶었다. 우리를 묶는 할머니 눈은 불이 꺼진 집 같았다. 할머니 숨에서는 지독한 냄새가 났다. 그것이 절망의 냄새라는 것을 나중에서야 알게 되었다. 영혼이 썩어 가며 나는 냄새. 두렵게도 이제 병권 씨가 그렇게 걷고, 그 냄새를 풍기고 있다. 무언가 아주 잘못되어 가고 있었다.

그날 이후로 모든 것이 바뀌었다. 다혜 씨가 돈을 벌기 위해 일을 시작했고 병권 씨가 술에 취해 늦게 들어오는 일이 잦아졌다. 텅 빈 집에서 하루 종일 나 홀로 누군가를 기다리는 날들이 이어졌다. 밝고 좋은 냄새가 나고 깨끗하던 집은 더 이상 없었다. 주인이 사라진 집처럼 치우지 못한 쓰레기와 먼지, 먹다 남은 음식들이 쌓여 갔다. 집으로 돌아온 다혜 씨는 쓰러지듯 누워 잠들기 일쑤였고 세 식구가 둘러앉아 저녁을 먹는 풍경도 사라졌다.

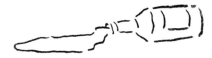

그 와중에 여름 양은 빈집에 자꾸 친구들을 데리고 왔다. 다들 여름 양처럼 잔뜩 덧칠한 화장품으로 여드름을 가리고 앞머리에 동그란 뭔가를 매달고 있었다. 그래서인지 모두 한 어미 배에서 태어난 자매처럼 비슷해 보였다. 인간들은 같은 편임을 느끼려면 서로 비슷한 모습을 보여야 하는가 보다. 외모도 말투도 행동도 심지어는 표정도 서로 닮았다. 혹은 닮기 위해 애쓰는 것 같았다.

그들은 텔레비전을 보고 라면을 끓여 먹거나 둘러앉아 '오빠'라고 불리는 인물에 대한 수다를 떨었다. 이런저런 옷을 입어 보고 얼굴에 서로 뭔가를 칠해 주기도 했다. 하루는 냉장고에서 소주를

꺼내 마시고는 거실과 방 여기저기 토해 댔다. 가관이었다. 그날 다혜 씨는 엉망이 된 집에서 머리에 토사물을 묻히고 잠든 여름 양을 가방으로 마구 때리며 울었는데 술이 덜 깬 여름 양은 그 반동으로 다혜 씨의 가방에 또다시 잔뜩 토했다. 여름 양의 옷과 가방을 빨며 다혜 씨는 '팔자'라는 처음 듣는 단어를 뱉었다. 한 번도 아니고 여러 번. 아무래도 숫자 8을 얘기하는 것 같다. 상위 1퍼센트의 지능과 기억력을 갖춘 내가 추측해 보건대, 그 숫자를 눕혀 놓으면 무한함을 의미하는 수학기호 '∞'이다. 끝나지 않는 힘듦을 '내 8자야.'라고 표현하는 듯했다.

숫자 8 같은 상황은 쉽게 나아지지 않았다. 다혜 씨가 집에 오자마자 쓰러져 잠들던 날들이 지나자 불면의 밤들이 찾아왔다. 다혜 씨는 토끼처럼 눈이 빨갛게 되어 따뜻한 우유를 마시고 반신욕을 하고 아로마 초를 켜 보고 별짓을 다 했으나 잠들지 못했다. 그러고는 치매 걸린 개처럼 거실을 하염없이 빙글빙글 돌며 걸어 다녔다. 집이 엉망이 되어 가는 것처럼 다혜 씨도 빠른 속도로 엉망이 되어 갔다. 거친 피부는 누렇게 뜨고 눈은 퀭하고 몸은 개껌처럼 말랐다.

　이런 상태가 된 건 다혜 씨뿐만이 아니었다. 병권 씨도 늦은 시간 집에 돌아오면 빈방에 앉아 멍하니 벽을 응시하고 꼬박 밤을 새우곤 했다. 여름 양도 침대에 누워 하염없이 휴대폰의 통화 목록을 훑고 또 훑었다. 가족과 친구 사진을 다 지워 버리는 걸 보기도 했다. 그리고 자신의 아빠와 엄마처럼 긴 한숨을 쉬었다.

　그들은 그렇게 한집에 있을 때에도 각각 혼자였다.

　여름 양 친구들의 아지트가 되어 버린 집에 남자애가 들락거리기 시작했다. 햇볕을 가려 줄 집이 없는 건지 온몸이 그을린 장작 개비 같은 녀석이었다. 처음에는 쭈뼛거리며 거실에서만 어정거리다 몇 번 오고 나서는 자기네 집처럼 편안하게 어느 방이든 드나든다. 그 녀석이 오면 땀 냄새와 호르몬 냄새가 불쾌하게 온 집 안에 둥둥 떠다녔다. 주워 올 게 없어 저런 놈을 주워 오다니 여름 양이 제정신이 아닌 게 틀림없다. 비슷하게 생겨 먹은 녀석들 몇 명과 함께 오기도 했는데 나중에는 혼자서 문턱이 닳도록 드나들었다. 그러다 그 녀석은 여름 양의 남자 친구인지 뭔지가 된 것 같다. 친구들은 여름 양과 그 녀석을 나란히 앉혀 놓고 커플 어쩌고 하며 꺅꺅거렸다. 안 그래도 시끄러운데 더 시끄럽게 굴었다.

커플이란 건 인간 세계에서 구애 행위 이후 짝을 이룬 것과 비슷한 거다. 여름 양이 벌써 번식기가 된 건지 개로선 확신할 수 없지만 암튼 영 안 어울리는 한 쌍이다. 그 녀석은 시간이 갈수록 여름 양의 몸을 만지려고 들었다. 처음에는 머리털을 다음에는 손을 다음에는 어깨를 등을 하는 식으로 은근슬쩍 손을 갖다 댔다. 장식장 밑에서 이 모든 것을 다 지켜보고 있던 나는 그 귀찮음, 불쾌함을 알기 때문에 여름 양도 나처럼 가구 밑으로 숨기를 권하고 싶었다. 하지만 여름 양은 애매한 미소만 지으며 그 녀석의 손을 떼어 내곤 했다. 솥뚜껑 같은 그 녀석 손이 여름 양 몸에 얹어지면 기분이 나빠져 나도 모르게 으르렁거리게 됐다.

변명같이 들릴지 모르지만 분명 여름 양은 그 사건이 일어나기 직전 내게 도움을 요청했다. 비명을 지르며 내 이름을 불렀다. 나는 잠시의 망설임도 없이 달려 나가 그 녀석 팔뚝을 있는 힘을 다해 물었다. 그 녀석이 나를 떼어 내기 위해 등을 때리고 목을 조르고 입을 벌리는 동안에도 어금니의 힘을 풀지 않았다. 아주아주 먼 옛날 내 엄마의 엄마의 엄마의 엄마, 혹은 내 아빠의 아빠의 아빠의 아빠가 가졌을 사냥의 본능을 혼신의 힘을 다해 깨웠다.

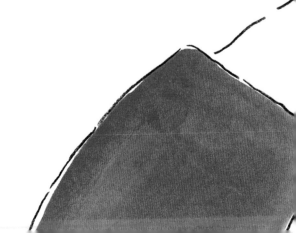

사료와 캔에 든 고기, 간식만 씹었던 이빨이지만 그래도 그 녀석의 두부 같은 살을 뚫기엔 충분히 날카로웠다. 지금 후회되는 건 단 하나, 팔뚝이 아니고 목덜미를 물어야 했다는 점이다. 역시 경험 부족이란 어쩔 수가 없다. 비릿한 피 맛이 입안에 고이고 애원하다시피 내 이름을 부르며 턱을 잡아당기는 여름 양의 손을 실

수로 물게 될까 봐 힘을 푼 순간 그 녀석이 나를 내동댕이쳤다. 둔탁한 충격이 느껴졌으나 아픈 줄도 몰랐다. 그 녀석은 엉엉 울면서 도망쳤고, 현관을 빠져나가는 마지막 순간까지 나는 이를 드러내고 위협했다. 다시 한번만 이 구역에 발을 들이면 팔뚝으로 끝나지 않을 거라는 메시지를 전해야 했다.

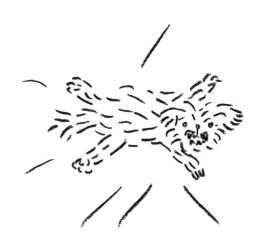

그 일로 내 입장은 매우 곤란해졌다. 몇 시간 뒤 다혜 씨가 후다닥 집으로 뛰어 들어왔고 울다 잠든 여름 양을 흔들어 깨웠다. 거의 동시에 현관 벨이 신경질적으로 울려 댔다. 다혜 씨는 나를 안방에 가두고 나갔다. 이어 고성과 다툼 소리로 시끄러웠다. 나는 방문을 앞발로 벅벅 긁으며 밖으로 나가기 위해 노력했다. 공기 중에서 다시 그 녀석 냄새가 났기 때문이다. '위험한 개' '출혈' '책임' 등의 단어가 중간중간 들렸고 '안락사'라는 낯익고도 불길한 단어를 다시 한번 들었다. 앞발에 피가 나도록 문을 긁어 댔다. 내 입장을 전해야 했다. 그 장작개비 같은 놈이 여름 양을 먼저 물려고 했다. 그것도 입술을. 여름 양은 얼굴을 이리저리 돌리며 피했고 나는 본능적으로 주인을 지키기 위해 행동했을 뿐이다.

현관에서의 소동은 늦게까지 이어졌다. 경비라는 남자, 경찰이라는 여자가 더해졌다. 내 앞의 문은 그럼에도 결코 열리지 않았고 힘이 빠져 앞발 사이에 고개를 파묻고도 한참이 지난 뒤에야 다들 썰물 빠지듯 빠져나갔다. 밖은 완전히 어두워졌다. 모두를 화나게 만든 게 다 내 잘못 같았다. 하지만 같은 상황이 온다면 나는 또 그렇게 할 거란 걸 안다. 그것이 '견도(犬道)'라는 것이다. 필사적으로 밀어내던 여름 양의 두 팔을 억지로 잡던 그놈의 표정이 이렇게나 생생한 이상.

다혜 씨는 방문을 열어 주고는 그 앞에 그대로 주저앉았다. 여름 양이 따라서 그 옆에 주저앉았다. 둘이 괜찮은지 확인하려고 얼굴에 코를 대고 킁킁대자 다혜 씨가 나를 안았다. 다혜 씨는 한참 아무 말 없이 나를 쓰다듬었다. 어찌해야 할지 몰라 얌전히 앉아 둘을 번갈아 쳐다봤다. 잠시 뒤 다혜 씨 입에서 나온 말에 나는 귀를 의심했다.

"잘했다, 잘했다. 쿠쿠야, 여름이를 지켜 줘서 고마워. 정말 고마워."

다혜 씨는 내 등을 쓰다듬으며 그 말을 반복했다. 역시 내 판단이 맞았다. 그놈은 나쁜 놈이고 내가 물어 버린 건 아주 잘한 일이었다. 기운이 되살아났다. 그놈에게 얻어맞은 머리통도, 욱신거리는 등도, 피가 나는 앞발도 아무렇지 않았다. 내 뜻을 알아준 다혜 씨가 고마워 아주 세차게 꼬리를 흔들었다.

그러다 이상한 일이 벌어졌다. 여름 양이 아주 예전 아기 때처럼 다혜 씨에게 안긴 것이다. 여름 양은 다혜 씨의 품으로 파고들어 목덜미에 머리를 묻고, 마침내 엄마를 되찾은 미아처럼 큰 소리로 울기 시작했다. 다혜 씨는 나를 가만히 들어 옆에다 두고 그런 여름 양을 꼬옥 안아 줬다. 둘이 싸우지 않고 같이 있는 걸 보는 건 정말이지 오랜만이었다. 게다가 저렇게 친밀한 자세로. 둑이 무너지는 것처럼, 빙하가 녹는 것처럼, 뭔가가 내 마음속에서도 녹아내릴 것만 같은 광경이었다.

한참 뒤 여름 양이 눈물을 그치자 다혜 씨는 눈물을 닦아 주며 이런저런 것들을 물어봤고 여름 양은 평소와 다르게 순순히 대답했다. 전혀 몰랐는데 여름 양은 친구들 문제로 오랫동안 힘들었다고 했다. 무리에서 혼자가 된다는 것에 커다란 공포심을 갖고 있었다. 뒤에서 자기 욕을 할까 봐 무서웠고 여름 양만 빼고 뭔가를 할까 봐 두려웠다고. 그래서 집을 아지트로 제공했고 이런 사달이 났다고 했다. 여름 양은 말했다.

"애들 말도 다 들어주고 학교에서도 학원에서도 애들이랑 늘 같이 다니는데 왜 혼자라는 기분이 계속 드는 건지 모르겠어."

혼자라는 기분, 그러니까 외로움이 뭔지 나도 알고 있다. 외로움이란 해 지는 시간에 골목에 서서 누군가 밥 짓는 냄새를 맡을 때 느껴지는 감정이다. 한밤중에 깨어나 빗소리를 들을 때 드는 기분이기도 하다. 하지만 이제 나는 그 감정에 익숙해졌고 그 감정과 함께 살아가는 법을 안다. 여름 양은 나와 같은 열다섯 살이지만 아직 모르는 것 같다. 인간의 생은 나보다 일곱 배 길어서 깨달음도 일곱 배 느리게 오나 보다.

이야기가 어느 정도 끝나자 다혜 씨는 병권 씨에게 전화를 걸어 빨리 들어오라고 했다. 그 뒤에 집 안 청소가 시작됐다. 다혜 씨는 창문을 다 열고 소매를 걷어붙이고 청소기를 돌리고 걸레질을 했다. 여름 양도 세수를 하고 나와 주춤주춤 다혜 씨를 돕기 시작했다. 집 안에 고인 그놈 냄새를 몰아내듯 다혜 씨는 정신없이 청소했다. 늘 쌓여 있던 빨랫감과 설거지가 말끔히 처리됐고 창틀의 먼지가 사라졌다. 이불을 털고 집 안의 모든 깔개와 발판도 세탁기 속으로 들어갔다. 마치 오래 잠들어 있던 집을, 아니 죽어 가던 집을 흔들어 깨우듯 동작 하나하나가 정성스럽고 간절한, 이상한 청소였다.

병권 씨가 도착할 무렵, 마침내 다혜 씨는 여름 양과 긴 청소를 마쳤다. 그러고는 치킨을 시켰다. 뜬금없지만 한편으로는 대청소의 마무리로 적절해 보였다.

치킨이 식탁 위에서 차갑게 식어 가는 데도 세 사람은 아무 말도 없이 긴 시간 가만히 앉아 있었다. 나만 침을 흘리다 못해 혀뿌리가 아플 지경이었다. 다혜 씨가 방에서 뭔가를 들고나올 때까지 그랬다.

"······이건 이혼 서류야. 엄마는 아빠와 헤어질 준비를 하고 있었어."

그 말을 하는 다혜 씨 목소리와 얼굴은 돌멩이처럼 딱딱했다.

"아빠는 엄마 모르게 어리석게도 큰 빚을 졌고, 너에게 알리지 않고 해결하기 위해 엄마는 모든 노력을 다했어. 하지만 이제 그렇게 하지 않을 거야."

다혜 씨는 병권 씨에게 오늘 낮에 일어났던 일을 이야기했다. 병권 씨는 큰 충격을 받은 듯 신음했고 여름 양에게 뭔가를 말하려다 그만뒀다. 다만 무릎 위에 얹어 둔 주먹을 아주 세게 꽉 쥘 뿐이었다.

"쿠쿠 저 녀석이 그놈을 물어 버리지 않았더라면 나도 이런 결심은 못 했을 거야. 엄마는 이혼하지 않을 거야."

잠시 뒤 다혜 씨는 그 서류를 짝짝 찢어 버렸다. 호쾌한 소리가 났다.

"여름이를 이해하는 일을 포기하지 않을 거고, 쿠쿠가 안락사 당하게 두지 않을 거야. 빚 때문에 인생을 포기하지도 않을 거고, 미움과 분노 때문에 우리 가족을 포기하지도 않을 거야. 엄마는 단 한 번도 쿠쿠처럼 상대를 물어 버릴 생각을 못 했어. 하지만 이제는 해야 할 일이 뭔지 알았어. 우리는 온 힘을 다해 물어 보지도 않고 포기해서는 안 돼."

병권 씨가 두 손으로 얼굴을 감싸 쥐었다. 울고 싶거나 숨고 싶을 때 인간은 저런 행동을 한다. 다혜 씨는 다시 말했다.

"혼자서는 못 해. 우리 셋이, 두 번은 없는 것처럼 힘을 합쳐야
해. 내 말 알겠지?"

병권 씨는 손은 그대로였지만 고개를 끄덕였고 여름 양도 따라
서 고개를 끄덕였다.

"이제 알았으면 치킨 먹자. 당분간은 외식도 배달도 힘들 거야."

다혜 씨는 치킨을 들어 병권 씨와 여름 양 손에 쥐여 줬다. 그러
고는 입을 크게 벌리고 먹기 시작했다. 내 존재를 깜빡한 것 같아
멍하니 바라볼 수밖에 없었는데 마치 길에서 내가 무엇이든 주워
먹던 때와 비슷해 보였다. 처절했고 슬펐고 처량했으나 살기 위한
의지가 가득한 행위였다.

그날 이후 모든 것이 바쁘게 돌아갔다.

다혜 씨는 집을 내놨고 이사가 결정됐다. 병권 씨는 회사에 다니면서 대리운전과 배달 일을 구해 주말조차 얼굴 보기가 힘들어졌다. 늦은 시간 좀비처럼 돌아오는 것은 변함없었으나 전처럼 술 냄새가 나지는 않았다. 다혜 씨는 그놈 부모와 전화 통화를 수십 통 했고 여름 양 학교를 드나들었고 마침내 정당방위인지 뭔지로 안락사는 취소되었다. 그놈은 여름 양에게 정식으로 사과했고 여름 양은 그 일과는 무관하게 통학 거리로 인해 전학하기로 결정했다. 여름 양은 짧은 시간에 키가 부쩍 컸고 인상이 달라졌다. 조금 더 어른 같은 얼굴이 되었고 말수가 적어졌다.

하지만 둘이 있을 때는 다정하게 나를 안아 줬고 쓰다듬어 줘서 무척 기뻤다. 더 이상 집은 여름 양 친구들의 아지트가 아니었고, 가족들이 돌아와 쉴 수 있는 공간이 되었다. 모두 조금쯤은 지쳐 보였으나 눈빛은 예전과 달랐다. 그건 내가 이 집에 처음 들어온 날 느꼈던 온기와 평화, 안정감을 다시 불러들였다.

마침내 이사하는 날이 다가왔다. 전날 밤, 늦도록 이삿짐을 싸면서 다혜 씨와 여름 양은 도란도란 이야기를 나누었다. 여름 양의 어릴 적 사진과 그림이 그려진 수많은 종이, 여름 양이 아끼던 인형과 동화책, 서툴게 쓴 편지, 옷장 구석에서 나온 오래된 작은 옷 등을 정리하며 이야기는 끝없이 이어졌다.

여름 양이 초등학교 때 쓴 일기에는 내 이야기가 많았다. 여름 양이 그려 준 나는 털이 희고 눈이 콩알처럼 박힌 백설기 한 덩어리 같았다. 나는 목욕 후 온몸이 젖은 채 물을 털어서 새로 한 빨래를 몽땅 젖게 만들었고, 여름 양의 머리카락 위에 털썩 주저앉아 낮잠 자던 여름 양을 울렸고, 다혜 씨가 틀어 둔 텔레비전 속 개를 보고 짖기도 했으며 늦게 들어온 병권 씨를 도둑인 줄 알고 콱 물기도 했다. 여름 양은 '쿠쿠야.' 하고 이름을 부르면 고개를 갸우뚱하는 내 모습이 가장 귀엽다고 썼고 발바닥에서는 누룽지 냄새가 난다고도 썼다. 그들의 기억 속에 내가 그토록 많이, 가득 차지한다는 게 좋았다. 다혜 씨는 여름 양의 일기장을 읽으며 몇 번이고 '이건 우리 가족 사랑의 역사'라고 말했다.

아침은 평소보다 빨리 밝았다. 모든 짐을 트럭에 싣고 다혜 씨와 여름 양, 나는 트럭 앞자리에 올라탔다. 자주 갔던 놀이터와 집 앞 공터, 근처의 작은 길들을 지나쳤다. 이 모든 것을 냄새로 기억하기 위해 코를 쉴 새 없이 킁킁대고 싶었으나 잘 되지 않았다. 이상하게 잠이 쏟아졌다. 그동안 많은 일을 겪어서일까. 어쩌면 그놈이 내 머리통을 때리고 나를 내동댕이쳤을 때 내 삶은 끝났던 건지 모른다. 그 뒤의 시간은 모든 게 제자리로 돌아오는 것을 보기 위해 덤처럼 주어진 것이었을지도.

그렇다면 떠나는 것에 큰 불만을 가질 생각은 없다. 그곳에는 '무지개다리'라는 것이 있다고 한다. 무지개를 본 적은 없지만 무지개떡은 먹어 봤다. 백설기가 가기에 알맞은 장소인 듯하다. 헤어진 모든 이들이 언젠가 다시 만날 수 있는 거대한 떡집 같은 것이 상상된다. 다혜 씨도 병권 씨도 여름 양도 나도 모두 떡을 좋아한다. 다만 전하지 못한 내 마음, 다혜 씨와 여름 양 이 두 사람을 내가 얼마나 사랑했는지 알아줬으면 좋겠다. 감기는 눈을 억지로 뜨며 여름 양의 따뜻한 손을 온 힘을 다해 핥았다.

아이야, 지구에서 너처럼 반짝반짝 빛나는 존재는 본 적이 없단다. 그러니 이제 아이야, 두 번은 오지 않을 여름처럼 뜨겁게 살아가길. 나처럼 단단한 이빨을 가지고 네 인생에 다가오는 위협을 멀리 쫓아 버리길. 우리가 달렸던 길들을 언제까지고 기억해 주길.

이제, 안녕, 안녕.
밥솥이 밥을 할 때마다 내 이름을 불러 줘.

쿠쿠는 내가 키우는 개의 이름이다. 초등학교 앞 나무에 묶여 있다가 유기견 보호소에 들어갔고 안락사 예정일에 우리 가족이 되었다. 작년 가을 심장병을 발견했고 현재 4기로 몇 번의 고비를 넘겼지만 다행히 아직 곁에 있다.

쿠쿠와 함께 키운 딸은 이제 내 키를 넘어섰다. 조그맣던 딸아이가 훌쩍 크는 것을 함께 본 쿠쿠는 가끔 혼란스러워하는 것 같다. 집에서 가장 작고 서열도 꼴찌였던 녀석이 이젠 제법 주인처럼 명령하고 자기를 씻기고 먹이고 간식으로 권위를 과시한다. 쿠쿠는 딸아이의 말을 듣다가도 안 듣고 복종하다가도 (개)무시하는 등 맥락 없이 구는데 그러다 정말 할아버지처럼 땅이 꺼지게 한숨을 쉬기도 한다. 인간의 성장을 조금 어이없어하는 것처럼 보인다. 그러거나 말거나 딸아이는 감자 싹처럼 쑥쑥 자란다.

『내 이름은 쿠쿠』를 쓰면서 나도 모르게 쿠쿠를 많이 바라봤다.

바라보고 있으면 쿠쿠가 가진 이야기를 들려주기라도 할 것처럼. 대체 넌 어쩌다 여기로 오게 된 거야? 쿠쿠가 말을 할 수 있다면 정말 많은 이야기를 들려줄 텐데. 그 수많은 우연이 겹친 확률에 대해 듣게 된다면 더욱 놀라울 수도 있겠지. 어쩌면 이 모든 게 쿠쿠의 우주적 설계로 가능한 일이었는지도 모른다. 쿠쿠는 뭐랄까, 신비로운 존재니까.

하지만 쿠쿠가 말을 하는 기적은 아직까지 일어나지 않았다. 쿠쿠도 그저 조용히 나를 바라볼 뿐이다. 무슨 생각을 하는지 알 수 없는, 새까만 밤하늘의 조각 같은 눈동자로 그저 오래도록.

그렇게 가만히 서로의 눈을 바라보는 시간이 있었다는 걸, 아무리 많은 시간이 흘러도 기억할 것이다. 잊지 않을 것이다.

조우리

천천히
읽는
짧은
소설 01

내 이름은 쿠쿠

2021년 6월 15일 처음 찍음 ┃ 2022년 10월 20일 두 번 찍음

글쓴이 조우리 ┃ **그린이** 백두리

펴낸곳 도서출판 낮은산 ┃ **펴낸이** 정광호 ┃ **편집** 조진령 ┃ **디자인** 하늘·민 ┃ **제작** 정호영

출판 등록 2000년 7월 19일 제10-2015호 ┃ **주소** 04048 서울시 마포구 어울마당로5길 16 반석빌딩 3층

전화 02-335-7365(편집), 02-335-7362(영업) ┃ **팩스** 02-335-7380

홈페이지 www.littlemt.com ┃ **이메일** littlemt2001ch@gmail.com ┃ **트위터** @littlemt2001hr

제판인쇄제본 상지사 P&B

ⓒ 조우리, 백두리 2021

ISBN 979-11-5525-145-4 43810

＊잘못 만들어진 책은 바꾸어 드립니다. ＊책값은 뒤표지에 표시되어 있습니다.
＊이 책 내용의 일부 또는 전부를 재사용하려면 반드시 저작권자와 도서출판 낮은산 양측의 동의를 받아야 합니다.